Kleine Diogenes Taschenbücher 70046

de
te
be

Die schönsten Gedichte von Hermann Hesse

Ausgewählt von
Christian Strich
Mit einem Essay des Autors
über Gedichte
und einem Nachwort von
Maria Nils

Diogenes

Umschlagbild von Anna Keel

www.diogenes.ch
200/02/51/6
ISBN 3 257 70046 6

Inhalt

Gedichte

Frühling

In dämmrigen Grüften
Träumte ich lang
Von deinen Bäumen und blauen Lüften,
Von deinem Duft und Vogelgesang.

Nun liegst du erschlossen
In Gleiß und Zier
Von Licht übergossen
Wie ein Wunder vor mir.

Du kennst mich wieder,
Du lockst mich zart
Es zittert durch all meine Glieder
Deine selige Gegenwart.

Der Blütenzweig

Immer hin und wider
Strebt der Blütenzweig im Winde,
Immer auf und nieder
Strebt mein Herz gleich einem Kinde
Zwischen hellen, dunklen Tagen,
Zwischen Wollen und Entsagen.

Bis die Blüten sind verweht
Und der Zweig in Früchten steht,
Bis das Herz, der Kindheit satt,
Seine Ruhe hat
Und bekennt: voll Lust und nicht vergebens
War das unruhvolle Spiel des Lebens.

Spätblau

O reine, wundervolle Schau,
Wenn du aus Purpurrot und Gold
Dich ebnest friedvoll, ernst und hold,
Du leuchtendes Späthimmelblau!

Du mahnst an eine blaue See,
Darauf das Glück vor Anker hält
Zu seliger Rast. Vom Ruder fällt
Der letzte Tropfen Erdenweh.

Lieder

Ich habe wenig Lieder
In meinem Leben gemacht,
Ich singe sie mir und den Mädchen
Am Brunnen in der Nacht.

Das eine von der Jugend,
Die rot unbändig blüht
Und nach Streit und Abenteuer
In ewiger Sehnsucht glüht.

Das andre von den warmen
Nächten der Sommerzeit
Und von allen schönen Weibern,
Um die ich geweint und gefreit.

Das dritte sing ich zur Geige
In jeder fremden Stadt,
Vom Heimweh des Zigeuners,
Der keine Heimat hat.

Valse brillante

Ein Tanz von Chopin lärmt im Saal,
Ein wilder, zügelloser Tanz.
Die Fenster leuchten wetterfahl,
Den Flügel ziert ein welker Kranz.

Den Flügel du, die Geige ich,
So spielen wir und enden nicht
Und warten angstvoll, du und ich,
Wer wohl zuerst den Zauber bricht.

Wer wohl zuerst einhält im Takt
Und von sich weg die Lichter schiebt,
Und wer zuerst die Frage sagt,
Auf die es keine Antwort gibt.

Die Stunde

Es war noch Zeit; ich konnte gehn,
Und alles wäre ungeschehn,
Und alles wäre rein und klar,
Wie es vor jenem Tage war!

Es mußte sein. Die Stunde kam,
Die kurze, schwüle, und sie nahm
Unwandelbar mit jähem Schritt
Den ganzen Glanz der Jugend mit.

Voll Blüten

Voll Blüten steht der Pfirsichbaum,
Nicht jede wird zur Frucht,
Sie schimmern hell wie Rosenschaum
Durch Blau und Wolkenflucht.

Wie Blüten gehn Gedanken auf,
Hundert an jedem Tag –
Laß blühen! laß dem Ding den Lauf!
Frag nicht nach dem Ertrag!

Es muß auch Spiel und Unschuld sein
Und Blütenüberfluß,
Sonst wär die Welt uns viel zu klein
Und Leben kein Genuß.

Sprache des Frühlings

Jedes Kind weiß, was der Frühling
spricht:
Lebe, wachse, blühe, hoffe, liebe,
Freue dich und treibe neue Triebe,
Gib dich hin und fürcht das Leben nicht!

Jeder Greis weiß, was der Frühling
spricht:
Alter Mann, laß dich begraben,
Räume deinen Platz den muntern Knaben,
Gib dich hin und fürcht das Sterben
nicht!

Karfreitag

Verhangener Tag, im Wald noch Schnee,
Im kahlen Holz die Amsel singt:
Des Frühlings Atem ängstlich schwingt,
Von Lust geschwellt, beschwert von Weh.

So schweigsam steht und klein im Gras
Das Krokusvolk, das Veilchennest,
Es duftet scheu und weiß nicht was,
Es duftet Tod und duftet Fest.

Baumknospen stehn von Tränen blind,
Der Himmel hängt so bang und nah,
Und alle Gärten, Hügel sind
Gethsemane und Golgatha.

Rückgedenken

Am Hang die Heidekräuter blühn,
Der Ginster starrt in braunen Besen.
Wer weiß heut noch, wie flaumiggrün
Der Wald im Mai gewesen?

Wer weiß heute noch, wie Amselsang
Und Kuckucksruf einmal geklungen?
Schon ist, was so bezaubernd klang,
Vergessen und versungen.

Im Wald das Sommerabendfest,
Der Vollmond überm Berge droben,
Wer schrieb sie auf, wer hielt sie fest?
Ist alles schon zerstoben.

Und bald wird auch von dir und mir
Kein Mensch mehr wissen und erzählen,
Es wohnen andre Leute hier,
Wir werden keinem fehlen.

Wir wollen auf den Abendstern
Und auf die ersten Nebel warten.
Wir blühen und verblühen gern
In Gottes großem Garten.

Philosophie

Vom Unbewußten zum Bewußten,
Von da zurück durch viele Pfade
Zu dem, was unbewußt wir wußten,
Von dort verstoßen ohne Gnade
Zum Zweifel, zur Philosophie,
Erreichen wir die ersten Grade
Der Ironie.

Sodann durch emsige Betrachtung,
Durch scharfe Spiegel mannigfalt
Nimmt uns zu frierender Umnachtung
In grausam eiserne Gewalt
Die kühle Kluft der Weltverachtung.

Die aber lenkt uns klug zurück
Durch der Erkenntnis schmalen Spalt
Zum bittersüßen Greisenglück
Der Selbstverachtung.

Wende

Nun ist die Jugend schon verschäumt
Und ohne Wiederkehr versunken,
Ein Teil versonnen und verträumt,
Ein Teil verbummelt und vertrunken.

Und die noch kaum mein eigen war,
Die Welt der Lieder und der Sterne,
Ward über Nacht mir wunderbar
Zu Heimweh, Traum und blauer Ferne.

Fremde Stadt

Wie das so seltsam traurig macht:
Ein Gang durch eine fremde Stadt,
Die liegt und schläft in stiller Nacht
Und mondbeglänzte Dächer hat.

Und über Turm und Giebel reist
Der Wolken wunderliche Flucht
Still und gewaltig wie ein Geist,
Der heimatlos nach Heimat sucht.

Du aber, plötzlich übermannt,
Ergibst dem wehen Zauber dich
Und legst dein Bündel aus der Hand
Und weinest lang und bitterlich.

Der Einsame an Gott

Einsam steh ich, vom Wind gezerrt,
Ungeliebt und verlassen
In der feindlichen Nacht.
Schwer ist mein Gemüt und voll
Bitterkeit,
Wenn ich Deiner gedenke,
Blinder Gott, der voll Grausamkeit
Immer das Unbegreifliche tut.
Warum lässest Du, wenn Du die Macht
hast,
Warum lässest Du Hunde und Säue
Eines Glückes genießen, das nie
Dem verschmachtenden Edleren wird?
Warum peitschest Du mich, der Dich
liebte,
Jagst mich allein durch die Nacht,
Warum raubst Du mir alles,
Was Du doch jedem Erbärmlichen
gönnst?
Selten hab ich geklagt, und seltner

Dir im Unmut geflucht,
Jahrelang in gläubiger Priesterschaft
Lebte ich Dir, nannte Dich Herr und
Gott,
Sah in Dir meines Daseins Krone und
Sinn;
Immer ging ich, ob auch im Dunkeln oft,
Tastend dem Guten nach, immer war
Liebe,
Immer Güte und Reinheit mein hohes
Ziel.
Dennoch hast Du, der meinen Feinden
schmeichelt,
Niemals mir einen einzigen Traum,
Eine einzige Bitte erfüllt!
Niemals kannt ich andres als Kampf und
Arbeit,
Während drüben im Hause der Fröhlichen
Laute und Tanz und süßer Gesang
erscholl.
O und wie hast Du, mein Peiniger,
Wenn ich einmal in blinder Hoffnung

Zärtlicher Liebe mein Herz voll Vertrauen
bot,
Wie hast Du mit Spott und Verachtung
mich überschüttet,
Daß ich grimmig entfloh, vom Gelächter
der Frauen verfolgt!
Einsam nun und ohne Glauben an Glück,
Schlaflos bei Nacht und am Tage des
Zweifels Raub
Geh ich gottlos durch diese Welt,
Mir zur Qual und Dir zu trauriger
Schande.
Trotzdem, o Gott, wenn auch Dein
Finger tief
Und voll blinder Wollust in meiner
Wunde wühlt,
Trotzdem sollst Du mich nicht verzagen,
Nicht im Staube knieen und weinen sehn.
Denn Dein heimlichster Wunsch,
Grausamer,
Tönt ja doch unbesiegbar im Herzen
mir,

Und das Leben zu lieben,
Und das sinnlose Leben wild und sinnlos
zu lieben
Hab ich in aller Verfolgung,
Aller Versuchung niemals völlig verlernt.
Dich auch und Deine launischen Wege
Liebt mein Herz, indem es Dich trotzend
höhnt.
Ja, ich liebe Dich, Gott, und ich liebe
Heiß die verworrene Welt, die Du
schlecht regierst.
... Horch! Von drüben, wo die Fröhlichen
sind,
Weht mir Lied und Gelächter,
Weiberschrei und silbernes Bechergeläut.
Aber mit tieferer Wollust,
Süßer und trunkener glüht als diesen
Genügsamen
Mir die Liebe zum Leben
In der glücklos hungernden Brust.
Und ich schüttle zornig
Aus den schlaflosen Augen die Müdigkeit,

Trinke Nacht und Wind, Sternschein und
Wolkengebirg
Gierig mit atmenden Sinnen
In die unersättliche Seele ein.

Traum

Es ist immer derselbe Traum:
Ein rotblühender Kastanienbaum,
Ein Garten, voll von Sommerflor,
Einsam ein altes Haus davor.

Dort, wo der stille Garten liegt,
Hat meine Mutter mich gewiegt;
Vielleicht – es ist so lange her –
Steht Garten, Haus und Baum nicht mehr.

Vielleicht geht jetzt ein Wiesenweg
Und Pflug und Egge drüber weg,
Von Heimat, Garten, Haus und Baum
Ist nichts geblieben als mein Traum.

Landstreicherherberge

Wie fremd und wunderlich das ist,
Daß immerfort in jeder Nacht
Der leise Brunnen weiterfließt,
Vom Ahornschatten kühl bewacht.

Und immer wieder wie ein Duft
Der Mondschein auf den Giebeln liegt
Und durch die kühle, dunkle Luft
Die leichte Schar der Wolken fliegt!

Das alles steht und hat Bestand,
Wir aber ruhen eine Nacht
Und gehen weiter über Land,
Wird uns von niemand nachgedacht.

Und dann, vielleicht nach manchem Jahr,
Fällt uns im Traum der Brunnen ein
Und Tor und Giebel, wie es war
Und jetzt noch und noch lang wird sein.

Wie Heimatahnung glänzt es her
Und war doch nur zu kurzer Rast
Ein fremdes Dach dem fremden Gast,
Er weiß nicht Stadt nicht Namen mehr.

Wie fremd und wunderlich das ist,
Daß immerfort in jeder Nacht
Der leise Brunnen weiterfließt,
Vom Ahornschatten kühl bewacht!

Soirée

Man hatte mich eingeladen,
Ich wußte nicht warum;
Viel Herren mit schmalen Waden
Standen im Saal herum.

Es waren Herren von Namen
Und von gewaltigem Ruf,
Von denen der eine Dramen,
Der andre Romane schuf.

Sie wußten sich flott zu betragen
Und machten ein groß Geschrei.
Da schämte ich mich zu sagen,
Daß ich auch ein Dichter sei.

Im Nebel

Seltsam, im Nebel zu wandern!
Einsam ist jeder Busch und Stein,
Kein Baum sieht den andern,
Jeder ist allein.

Voll von Freunden war mir die Welt,
Als noch mein Leben licht war;
Nun, da der Nebel fällt,
Ist keiner mehr sichtbar.

Wahrlich, keiner ist weise,
Der nicht das Dunkel kennt,
Das unentrinnbar und leise
Von allem ihn trennt.

Seltsam, im Nebel zu wandern!
Leben ist Einsamsein.
Kein Mensch kennt den andern,
Jeder ist allein.

Allein

Es führen über die Erde
Straßen und Wege viel,
Aber alle haben
Dasselbe Ziel.

Du kannst reiten und fahren
Zu zwein und zu drein,
Den letzten Schritt mußt du
Gehen allein.

Drum ist kein Wissen
Noch Können so gut,
Als daß man alles Schwere
Alleine tut.

Dem Ziel entgegen

Immer bin ich ohne Ziel gegangen,
Wollte nie zu einer Rast gelangen,
Meine Wege schienen ohne Ende.

Endlich sah ich, daß ich nur im Kreise
Wanderte, und wurde müd der Reise.
Jener Tag war meines Lebens Wende.

Zögernd geh ich nun dem Ziel entgegen,
Denn ich weiß: auf allen meinen Wegen
Steht der Tod und bietet mir die Hände.

Glück

Solang du nach dem Glücke jagst,
Bist du nicht reif zum Glücklichsein,
Und wäre alles Liebste dein.

Solange du um Verlornes klagst
Und Ziele hast und rastlos bist,
Weißt du noch nicht, was Friede ist.

Erst wenn du jedem Wunsch entsagst,
Nicht Ziel mehr noch Begehren kennst,
Das Glück nicht mehr mit Namen nennst,

Dann reicht dir des Geschehens Flut
Nicht mehr ans Herz, und deine Seele ruht.

Morgen

Nun lockt mich keine Liebesnacht
Und kaum ein voller Becher mehr.
Ich bin aus Nacht und Ungefähr
Zum grimmen Tag erwacht.

Die roten Fackeln sind verbrannt,
Der Morgen schaut mir ins Gesicht.
Und das gewohnte Vaterland
Ist meine Heimat nicht.

Was Menschen reden, tönt mir nun
Wie aus versunkenen Städten her;
Was sie da unten sind und tun,
Ist meine Welt nicht mehr.

Aus dumpfem Leid und Freudenschwall
Klärt sich mein Wille rein und kalt.
Was gestern Spiel und Ungestalt,
Ist heute Form, Gesetz, Kristall.

Wanderschaft

Im Walde blüht der Seidelbast,
Im Graben liegt noch Schnee;
Das du mir heut geschrieben hast,
Das Brieflein tat mir weh.

Jetzt schneid ich einen Stab im Holz,
Ich weiß ein ander Land,
Da sind die Jungfern nicht so stolz
Der Liebe abgewandt.

Im Walde blüht der Seidelbast,
Kein Brieflein tut mir weh,
Und das du mir geschrieben hast,
Schwimmt draußen auf dem See,
Schwimmt draußen auf dem Bodensee,
Ja draußen auf dem See.

Spruch

So mußt du allen Dingen
Bruder und Schwester sein,
Daß sie dich ganz durchdringen,
Daß du nicht scheidest Mein und Dein.

Kein Stern, kein Laub soll fallen –
Du mußt mit ihm vergehn!
So wirst du auch mit allen
Allstündlich auferstehn.

Zu spät

Da ich in Jugendnot und Scham
Zu dir mit leiser Bitte kam,
Hast du gelacht
Und hast aus meiner Liebe
Ein Spiel gemacht.

Nun bist du müd und spielst nicht mehr,
Mit dunklen Augen blickst du her
Aus deiner Not,
Und willst die Liebe haben,
Die ich dir damals bot.

Ach, die ist lang verglommen
Und kann nicht wiederkommen –
Einst war sie dein!
Nun kennt sie keine Namen mehr
Und will alleine sein.

Schönheit

Verschenke dich, so stolz du bist,
Verschenke alles, was du hast!
Die Jugend ist ein flüchtiger Gast,
Der bald gegangen ist.

Gib dich einem armen Knaben,
Dem du keine Liebe wehrst,
Mach ihn reich, so wirst du erst
Selber dich zu eigen haben.

Der Künstler

Was ich schuf in heißer Jahre Glut,
Steht am lauten Markt zur Schau
gestellt.
Leicht vorüber geht die frohe Welt,
Lacht und lobt und findet alles gut.

Keiner weiß, daß dieser frohe Kranz,
Den die Welt mir lachend drückt ins
Haar,
Meines Lebens Kraft verschlang und
Glanz,
Ach, und daß das Opfer unnütz war.

Wie sind die Tage...

Wie sind die Tage schwer!
An keinem Feuer kann ich
erwarmen,
Keine Sonne lacht mir mehr,
Ist alles leer,
Ist alles kalt und ohne Erbarmen,
Und auch die lieben klaren
Sterne schauen mich trostlos an,
Seit ich im Herzen erfahren,
Daß Liebe sterben kann.

Jeden Abend

Jeden Abend sollst du deinen Tag
Prüfen, ob er Gott gefallen mag,
Ob er freudig war in Tat und Treue,
Ob er mutlos lag in Angst und Reue;
Sollst die Namen deiner Lieben nennen,
Haß und Unrecht still vor dir bekennen,
Sollst dich alles Schlechten innig schämen,
Keinen Schatten mit ins Bette nehmen,
Alle Sorgen von der Seele tun,
Daß sie fern und kindlich möge ruhn.

Dann getrost in dem geklärten Innern
Sollst du deines Liebsten dich erinnern,
Deiner Mutter, deiner Kinderzeit;
Sieh, dann bist du rein und bist bereit,
Aus dem kühlen Schlafborn tief zu trinken,
Wo die goldnen Träume tröstend winken,
Und den neuen Tag mit klaren Sinnen
Als ein Held und Sieger zu beginnen.

Die Kindheit

Du bist, mein fernes Tal,
Verzaubert und versunken.
Oft hast du mir in Not und Qual
Empor aus deinem Schattenland
gewunken
Und deine Märchenaugen aufgetan,
Daß ich entzückt in kurzem Wahn
Mich ganz zu dir zurück verlor.

O dunkles Tor,
O dunkle Todesstunde,
Komm du heran, daß ich gesunde
Und daß aus dieses Lebens Leere
Ich heim zu meinen Träumen kehre!

Die ersten Blumen

Neben dem Bach
Den roten Weiden nach
Haben in diesen Tagen
Gelbe Blumen viel
Ihre Goldaugen aufgeschlagen.
Und mir, der längst aus der Unschuld fiel,
Rührt sich Erinnerung im Grunde
An meines Lebens goldene Morgenstunde
Und sieht mich hell aus Blumenaugen an.
Ich wollte Blumen brechen gehn;
Nun laß ich sie alle stehn
Und gehe heim, ein alter Mann.

Gute Stunde

Erdbeeren glühn im Garten,
Ihr Duft ist süß und voll,
Mir ist, ich müsse warten,
Daß durch den grünen Garten
Bald meine Mutter kommen soll.
Mir ist, ich bin ein Knabe
Und alles war geträumt,
Was ich vertan, versäumt,
Verspielt, verloren habe.
Noch liegt im Gartenfrieden
Die reiche Welt vor mir,
Ist alles mir beschieden,
Gehöret alles mir.
Benommen bleib ich stehen
Und wage keinen Schritt,
Daß nicht die Düfte verwehen
Und meine gute Stunde mit.

Keine Rast

Seele, banger Vogel du,
Immer wieder mußt du fragen:
Wann nach so viel wilden Tagen
Kommt der Friede, kommt die Ruh?

O ich weiß: kaum haben wir
Unterm Boden stille Tage,
Wird vor neuer Sehnsucht dir
Jeder liebe Tag zur Plage.

Und du wirst, geborgen kaum,
Dich um neue Leiden mühen
Und voll Ungeduld den Raum
Als der jüngste Stern durchglühen.

An die Freunde in schwerer Zeit

Auch in diesen dunklern Stunden,
Liebe Freunde, laßt mich gelten;
Ob ich's hell, ob trüb gefunden,
Nie will ich das Leben schelten.

Sonnenschein und Ungewitter
Sind desselben Himmels Mienen;
Schicksal soll, ob süß ob bitter,
Mir als liebe Speise dienen.

Seele geht verschlungene Pfade,
Lernet ihre Sprache lesen!
Morgen preist sie schon als Gnade,
Was ihr heute Qual gewesen.

Sterben können nur die Rohen,
Andre will die Gottheit lehren,
Aus dem Niedern, aus dem Hohen
Seelenhaften Sinn zu nähren.

Erst auf jenen letzten Stufen
Dürfen wir uns Ruhe gönnen,
Wo wir, väterlich gerufen,
Schon den Himmel schauen können.

Auf einem nächtlichen Marsch

Sturm und schräger Regenstrich,
Schwarze Felderweite,
Wolkenschatten feierlich
Geben uns Geleite.

Plötzlich aus erhelltem Schacht
Dunkler Wolkenhänge
Blickt die monderfüllte Nacht
Still in das Gedränge.

Himmelsinseln blauen rein,
Strenge Sterne grüßen,
Wolkenrand im Mondesschein
Wallt in Silberflüssen.

Seele, Seele, sei bereit!
Ferne Brüder rufen
Aus der Finsternis der Zeit
Dich zu goldnen Stufen.

Seele, nimm das Zeichen an,
Bade dich im Weiten!
Gott wird deine dunkle Bahn
Noch zum Lichte leiten.

Im Altwerden

Jung sein und Gutes tun ist leicht,
Und von allem Gemeinen entfernt sein;
Aber lächeln, wenn schon der Herzschlag schleicht,
Das will gelernt sein.

Und wem's gelingt, der ist nicht alt,
Der steht noch hell in Flammen
Und biegt mit seiner Faust Gewalt
Die Pole der Welt zusammen.

Weil wir den Tod dort warten sehn,
Laß uns nicht stehen bleiben.
Wir wollen ihm entgegengehn,
Wir wollen ihn vertreiben.

Der Tod ist weder dort noch hier,
Er steht auf allen Pfaden,
Er ist in dir und ist in mir,
Sobald wir das Leben verraten.

Blume, Baum, Vogel

Bist allein im Leeren,
Glühst einsam, Herz,
Grüßt dich am Abgrund
Dunkle Blume Schmerz.

Reckt seine Äste
Der hohe Baum Leid,
Singt in den Zweigen
Vogel Ewigkeit.

Blume Schmerz ist schweigsam,
Findet kein Wort,
Der Baum wächst bis in die Wolken,
Und der Vogel singt immerfort.

Bücher

Alle Bücher dieser Welt
Bringen dir kein Glück,
Doch sie weisen dich geheim
In dich selbst zurück.

Dort ist alles, was du brauchst,
Sonne, Stern und Mond,
Denn das Licht, danach du frugst,
In dir selber wohnt.

Weisheit, die du lang gesucht
In den Büchereien,
Leuchtet jetzt aus jedem Blatt –
Denn nun ist sie dein.

Abends

Abends gehn die Liebespaare
Langsam durch das Feld,
Frauen lösen ihre Haare,
Händler zählen Geld,
Bürger lesen bang das Neuste
In dem Abendblatt,
Kinder ballen kleine Fäuste,
Schlafen tief und satt.
Jeder tut das einzig Wahre,
Folgt erhabner Pflicht,
Säugling, Bürger, Liebespaare –
Und ich selber nicht?

Doch! Auch meiner Abendtaten,
Deren Sklav' ich bin,
Kann der Weltgeist nicht entraten,
Sie auch haben Sinn.
Und so geh ich auf und nieder,
Tanze innerlich,
Summe dumme Gassenlieder,

Lobe Gott und mich,
Trinke Wein und phantasiere,
Daß ich Pascha wär,
Fühle Sorgen an der Niere,
Lächle, trinke mehr,
Sage ja zu meinem Herzen
(Morgens geht es nicht),
Spinne aus vergangenen Schmerzen
Spielend ein Gedicht,
Sehe Mond und Sterne kreisen,
Ahne ihren Sinn,
Fühle mich mit ihnen reisen
Einerlei wohin.

Blumen nach einem Unwetter

Geschwisterlich, und alle
gleichgerichtet,
Stehn die gebückten, tropfenden im Wind,
Bang und verschüchtert noch und
regenblind,
Und manche schwache brach und liegt
vernichtet.

Sie heben langsam, noch betäubt und
zagend,
Die Köpfe wieder ins geliebte Licht,
Geschwisterlich, ein erstes Lächeln
wagend:
Wir sind noch da, der Feind verschlang
uns nicht.

Mich mahnt der Anblick an so viele Stunden,
Da ich betäubt, in dunklem Lebenstriebe,
Aus Nacht und Elend mich zurück gefunden
Zum holden Lichte, das ich dankbar liebe.

August

Das war des Sommers schönster Tag,
Nun klingt er vor dem stillen Haus
In Duft und süßem Vogelschlag
Unwiederbringlich leise aus.

In dieser Stunde goldnen Born
Gießt schwelgerisch in roter Pracht
Der Sommer aus sein volles Horn
Und feiert seine letzte Nacht.

Magie der Farben

Gottes Atem hin und wider,
Himmel oben, Himmel unten,
Licht singt tausendfache Lieder,
Gott wird Welt im farbig Bunten.

Weiß zu Schwarz und Warm zum Kühlen
Fühlt sich immer neu gezogen,
Ewig aus chaotischem Wühlen
Klärt sich neu der Regenbogen.

So durch unsre Seele wandelt
Tausendfalt in Qual und Wonne
Gottes Licht, erschafft und handelt,
Und wir preisen Ihn als Sonne.

Der Dichter

Reiner atmet der Garten im Tau der Nacht,
Stiller brandet vom Tale die Stadt herauf,
Blumen schimmern im Dunkeln
Geisterhaft blaß wie aus Träumen her.

Mir allein, der ich müde der Sonne bin,
Kühlt auch der Abend die brennende Stirne nicht,
Mir verschmachten die Sinne
Dürstender als am Tage noch.

Ungestillt verzehrt mich die Leidenschaft,
Die ich des Tags mit so viel Listen betrog,
Ach, nun steht sie verzweifelt
Aus der kurzen Betäubung auf.

Liebe atmet der Baum und Liebe der Mond,
Liebe träumen die Blumen im schwarzen Laub,
Nur ich Einsamer dürste
Ungeliebt in der lachenden Welt.

Mädchen bleiben und Männer bezaubert stehn,
Wenn durchs Gebüsch meine einsame Laute tönt,
Und in Liedern verblutet
Statt in Liebesarmen mein Herz.

Schicksalstage

Wenn die trüben Tage grauen,
Kalt und feindlich blickt die Welt,
Findet scheu sich dein Vertrauen
Ganz auf dich allein gestellt.

Aber in dich selbst verwiesen
Aus der alten Freuden Land,
Siehst du neuen Paradiesen
Deinen Glauben zugewandt.

Als dein Eigenstes erkennst du,
Was dir fremd und feind erschien,
Und mit neuen Namen nennst du
Dein Geschick und nimmst es hin.

Was dich zu erdrücken drohte,
Zeigt sich freundlich, atmet Geist,
Ist ein Führer, ist ein Bote,
Der dich hoch und höher weist.

Bruder Tod

Auch zu mir kommst du einmal,
Du vergißt mich nicht,
Und zu Ende ist die Qual,
Und die Kette bricht.

Noch erscheinst du fremd und fern,
Lieber Bruder Tod,
Stehest als ein kühler Stern
Über meiner Not.

Aber einmal wirst du nah
Und voll Flammen sein –
Komm, Geliebter, ich bin da,
Nimm mich, ich bin dein.

Weg nach innen

Wer den Weg nach innen fand,
Wer in glühndem Sichversenken
Je der Weisheit Kern geahnt,
Daß sein Sinn sich Gott und Welt
Nur als Bild und Gleichnis wähle:
Ihm wird jedes Tun und Denken
Zwiegespräch mit seiner eignen Seele,
Welche Welt und Gott enthält.

Häuser, Felder, Gartenzaun

Liebe Häuser, lieber Gartenzaun,
Weiher, Feld und Wiese,
Straßenschlange,
Gelber Hügel, Äcker rot und braun,
Fett erblühte Telegraphenstange,
Müßt auch ihr, ihr alle, einst vergehn,
Sterben, modern, faulen, schwinden,
Hingemäht, verblasen von den Winden,
Und die gute Sonne nimmer sehn?
Baum, du Freund, wirst denn auch du zu
Staub,
Fensterladen grün und rote Dächer?
O so rauscht doch heut noch Halm und
Laub,
Glüht noch heut der volle Liebesbecher!
Trinken will ich euch, geht in mich ein,
Gras und See und Palme will ich sein!
Warum bin ich so von euch geschieden?
Lügt ihr? Seid ihr selig? Habt ihr
Frieden?

Bin nur ich allein vom Brand verzehrt,
Der so süß und heiß und schmerzend loht,
Der mir Taumel gibt und Frieden wehrt,
Leide ich allein an Zeit, an Angst, an Tod?
O ihr schweigt, ihr mahnt mich ohne Wort:
Leide, male, dichte, lebe fort!
Trinke uns und laß uns trinken dich,
Ehe dir und uns der Tag verblich!

Gestutzte Eiche

Wie haben sie dich, Baum,
verschnitten,
Wie stehst du fremd und sonderbar!
Wie hast du hundertmal gelitten,
Bis nichts in dir als Trotz und Wille war!
Ich bin wie du, mit dem verschnittnen,
Gequälten Leben brach ich nicht
Und tauche täglich aus durchlittnen
Roheiten neu die Stirn ins Licht.
Was in mir weich und zart gewesen,
Hat mir die Welt zu Tod gehöhnt,
Doch unzerstörbar ist mein Wesen,
Ich bin zufrieden, bin versöhnt,
Geduldig neue Blätter treib ich
Aus Ästen hundertmal zerspellt,
Und allem Weh zu Trotze bleib ich
Verliebt in die verrückte Welt.

Der Pilger

Immer war ich auf der Fahrt,
Immer Pilgersmann,
Wenig hab ich mir bewahrt,
Glück und Weh zerrann.

Unbekannt war Sinn und Ziel
Meiner Wanderschaft,
Tausend Male, daß ich fiel,
Neu mich aufgerafft!

Ach, es war der Liebe Stern,
Den ich suchen ging,
Der so heilig und so fern
In den Höhen ging.

Eh das Ziel mir war bewußt,
Wanderte ich leicht,
Habe manche Höhenlust,
Manches Glück erreicht.

Nun ich kaum den Stern erkannt,
Ist es schon zu spät,
Hat er schon sich abgewandt,
Morgenschauer weht.

Abschied nimmt die bunte Welt,
Die so lieb mir ward.
Hab ich auch das Ziel verfehlt,
Kühn war doch die Fahrt.

Verführer

Gewartet habe ich vor vielen Türen,
In manches Mädchenohr mein Lied
gesungen,
Viel schöne Frauen sucht ich zu
verführen,
Bei der und jener ist es mir gelungen.
Und immer, wenn ein Mund sich mir
ergab,
Und immer, wenn die Gier Erfüllung fand,
Sank eine selige Phantasie ins Grab,
Hielt ich nur Fleisch in der enttäuschten
Hand.
Der Kuß, um den ich innigst mich
bemühte,
Die Nacht, um die ich lang voll Glut
geworben,
Ward endlich mein – und war gebrochene
Blüte,
Der Duft war hin, das Beste war
verdorben.

Von manchem Lager stand ich auf voll Leid,
Und jede Sättigung ward Überdruß;
Ich sehnte glühend fort mich vom Genuß
Nach Traum, nach Sehnsucht und nach Einsamkeit.
O Fluch, daß kein Besitz mich kann beglücken,
Daß jede Wirklichkeit den Traum vernichtet,
Den ich von ihr im Werben mir gedichtet
Und der so selig klang, so voll Entzücken!
Nach neuen Blumen zögernd greift die Hand,
Zu neuer Werbung stimm ich mein Gedicht…
Wehr dich, du schöne Frau, straff dein Gewand!
Entzücke, quäle – doch erhör mich nicht!

Brief von einer Redaktion

Wir danken sehr für Ihr ergreifendes Gedicht,
Das uns so tiefen Eindruck hinterlassen hat,
Und wir bedauern herzlich, daß es nicht
So recht geeignet scheint für unser Blatt.«

So schreibt mir irgendeine Redaktion
Fast jeden Tag. Es drückt sich Blatt um Blatt.
Es riecht nach Herbst, und der verlorne Sohn
Sieht deutlich, daß er nirgends Heimat hat.

Für mich allein denn schreib ich ohne Ziel,
Der Lampe auf dem Nachttisch les ich's vor.
Vielleicht leiht auch die Lampe mir kein Ohr.
Doch gibt sie hell, und schweigt. Das ist schon viel.

Pfeifen

Klavier und Geige, die ich wahrlich schätze,
Ich konnte mich mit ihnen kaum befassen;
Mir hat bis jetzt des Lebens rasche Hetze
Nur zu der Kunst des Pfeifens Zeit gelassen.

Zwar darf ich mich noch keinen Meister nennen,
Lang ist die Kunst und kurz ist unser Leben.
Doch alle, die des Pfeifens Kunst nicht kennen,
Bedaure ich. Mir hat sie viel gegeben.

Drum hab ich längst mir innigst
vorgenommen,
In dieser Kunst von Grad zu Grad zu
reifen,
Und hoffe endlich noch dahin zu
kommen,
Auf mich, auf euch, auf alle Welt zu
pfeifen.

Bulletin

Im Bett, im Wickel, in der stillen Schwebe
Geht es im ganzen schlecht zwar, doch erträglich.
Nur wenn ich für ein Stündchen mich erhebe,
Wird dieser Zustand jämmerlich und kläglich.

Ach so vom Bett zum Stuhl hinüberhinken,
Mit Schuhn und Knöpfen lang und mühsam ringen,
Sich endlich dann zu zwanzig Schritten zwingen,
Um wieder schwindlig hin aufs Bett zu sinken!

Wie schwer wir uns doch dieses Leben machen,
Und wissen ja, wie kurz es ist und nichtig,
Und nehmen es doch so verzweifelt wichtig!
Es ist zum Weinen, Freund, es ist zum Lachen.

Nelke

Rote Nelke blüht im Garten,
Läßt verliebte Düfte glühen,
Will nicht schlafen, will nicht warten,
Einen Trieb nur hat die Nelke:
Rascher, heißer, wilder blühen!

Eine Flamme seh ich prangen,
Wind in ihre Röte rennen,
Und sie zittert vor Verlangen,
Einen Trieb nur hat die Flamme:
Rascher, rascher zu verbrennen!

Du in meinem Blute innen,
Liebe du, was soll dein Träumen?
Willst ja nicht in Tropfen rinnen,
Willst in Strömen, willst in Fluten
Dich vergeuden, dich verschäumen!

Blauer Schmetterling

Flügelt ein kleiner blauer
Falter vom Wind geweht,
Ein perlmutterner Schauer,
Glitzert, flimmert, vergeht.
So mit Augenblicksblinken,
So im Vorüberwehn
Sah ich das Glück mir winken,
Glitzern, flimmern, vergehn.

Wollust

Nichts als strömen, nichts als brennen,
Blindlings in das Feuer rennen,
Hingerissen, hingegeben
Der unendlichen Flamme: Leben!
Plötzlich aber, bang durchzittert,
Sehnt aus dem unendlichen Glück
Angstvoll sich das Herz zurück,
Das den Tod im Lieben wittert...

Spätsommer

Noch einmal, ehe der Sommer verblüht,
Wollen wir für den Garten sorgen,
Die Blumen gießen, sie sind schon müd,
Bald welken sie ab, vielleicht schon morgen.

Noch einmal, ehe wieder die Welt
Irrsinnig wird und von Kriegen gellt,
Wollen wir an den paar schönen Dingen
Uns freuen und ihnen Lieder singen.

Welkes Blatt

Jede Blüte will zur Frucht,
Jeder Morgen Abend werden,
Ewiges ist nicht auf Erden
Als der Wandel, als die Flucht.

Auch der schönste Sommer will
Einmal Herbst und Welke spüren.
Halte, Blatt, geduldig still,
Wenn der Wind dich will entführen.

Spiel dein Spiel und wehr dich nicht,
Laß es still geschehen.
Laß vom Winde, der dich bricht,
Dich nach Hause wehen.

Doch heimlich dürsten wir...

Anmutig, geistig, arabeskenzart
Scheint unser Leben sich wie das von Feen
In sanften Tänzen um das Nichts zu drehen,
Dem wir geopfert Sein und Gegenwart.

Schönheit der Träume, holde Spielerei,
So hingehaucht, so reinlich abgestimmt,
Tief unter deiner heitern Fläche glimmt
Sehnsucht nach Nacht, nach Blut, nach Barbarei.

Im Leeren dreht sich, ohne Zwang und Not,
Frei unser Leben, stets zum Spiel bereit,
Doch heimlich dürsten wir nach Wirklichkeit,
Nach Zeugung und Geburt, nach Leid und Tod.

Stufen

Wie jede Blüte welkt und jede Jugend
Dem Alter weicht, blüht jede
Lebensstufe,
Blüht jede Weisheit auch und jede Tugend
Zu ihrer Zeit und darf nicht ewig dauern.
Es muß das Herz bei jedem Lebensrufe
Bereit zum Abschied sein und Neubeginne,
Um sich in Tapferkeit und ohne Trauern
In andre, neue Bindungen zu geben.
Und jedem Anfang wohnt ein Zauber
inne,
Der uns beschützt und der uns hilft, zu
leben.

Wir sollen heiter Raum um Raum
durchschreiten,
An keinem wie an einer Heimat hängen,
Der Weltgeist will nicht fesseln uns und
engen,
Er will uns Stuf' um Stufe heben, weiten.

Kaum sind wir heimisch einem Lebenskreise
Und traulich eingewohnt, so droht Erschlaffen,
Nur wer bereit zu Aufbruch ist und Reise,
Mag lähmender Gewöhnung sich entraffen.

Es wird vielleicht auch noch die Todesstunde
Uns neuen Räumen jung entgegen senden,
Des Lebens Ruf an uns wird niemals enden...
Wohlan denn, Herz, nimm Abschied und gesunde!

Erster Schnee

Alt geworden bist du, grünes Jahr,
Blickst schon welk und trägst schon
Schnee im Haar,
Gehst schon müd und hast den Tod im
Schritt –
Ich begleite dich, ich sterbe mit.

Zögernd geht das Herz den bangen Pfad,
Angstvoll schläft im Schnee die
Wintersaat.
Wieviel Äste brach mir schon der Wind,
Deren Narben nun mein Panzer sind!
Wieviel bittre Tode starb ich schon!
Neugeburt war jedes Todes Lohn.

Sei willkommen, Tod, du dunkles Tor!
Jenseits läutet hell des Lebens Chor.

Leb wohl, Frau Welt

Es liegt die Welt in Scherben,
Einst liebten wir sie sehr,
Nun hat für uns das Sterben
Nicht viele Schrecken mehr.

Man soll die Welt nicht schmähen,
Sie ist so bunt und wild,
Uralte Zauber wehen
Noch immer um ihr Bild.

Wir wollen dankbar scheiden
Aus ihrem großen Spiel;
Sie gab uns Lust und Leiden,
Sie gab uns Liebe viel.

Leb wohl, Frau Welt, und schmücke
Dich wieder jung und glatt,
Wir sind von deinem Glücke
Und deinem Jammer satt.

Im Schloß Bremgarten

Wer hat einst die alten Kastanien
gepflanzt,
Wer aus dem steinernen Brunnen
getrunken,
Wer im geschmückten Saale getanzt?
Sie sind dahin, vergessen, versunken.

Heut sind es wir, die der Tag bescheint
Und denen die lieben Vögel singen:
Wir sitzen um Tafel und Kerzen vereint,
Trankopfer dem ewigen Heute zu
bringen.

Und wenn wir dahin und vergessen sind,
Wird immer noch in den hohen Bäumen
Die Amsel singen und singen der Wind,
Und drunten der Fluß an den Felsen
schäumen.

Und in der Halle beim Abendschrei
Der Pfauen sitzen andere Leute.
Sie plaudern, sie rühmen wie schön es sei,
Bewimpelte Schiffe fahren vorbei,
Und es lacht das ewige Heute.

Mit der Eintrittskarte zur Zauberflöte

So werd ich dich noch einmal
wiederhören,
Geliebteste Musik, und bei den Weih'n
Des lichten Tempels, bei den
Priesterchören,
Beim holden Flötenlied zu Gaste sein.

So viele Male in so vielen Jahren
Hab ich auf dieses Spiel mich tief gefreut,
Und jedesmal das Wunder neu erfahren
Und das Gelübde still in mir erneut,

Das mich als Glied in eure Kette bindet,
Morgenlandfahrer im uralten Bund,
Der nirgend Heimat hat im Erdenrund,
Doch immer neu geheime Diener findet.

Diesmal, Tamino, macht das Wiedersehen
Mir heimlich bang. Wird das ermüdete
Ohr,
Das alte Herz euch noch wie einst
verstehen,
Ihr Knabenstimmen und du Priesterchor –
Werd ich vor eurer Prüfung noch
bestehen?

In ewiger Jugend lebt ihr, selige Geister,
Und unberührt vom Beben unsrer Welt,
Bleibt Brüder uns, bleibt Führer uns und
Meister,
Bis uns die Fackel aus den Händen fällt.

Und wenn einst eurer heitern
Auserwählung
Die Stunde schlägt und niemand mehr
euch kennt,
So folgen neue Zeichen euch am
Firmament,
Denn alles Leben dürstet nach Beseelung.

Das Glasperlenspiel

Musik des Weltalls und Musik der Meister
Sind wir bereit in Ehrfurcht anzuhören,
Zu reiner Feier die verehrten Geister
Begnadeter Zeiten zu beschwören.

Wir lassen vom Geheimnis uns erheben
Der magischen Formelschrift, in deren Bahn
Das Uferlose, Stürmende, das Leben
Zu klaren Gleichnissen gerann.

Sternbildern gleich ertönen sie kristallen,
In ihrem Dienst ward unserm Leben Sinn,
Und keiner kann aus ihren Kreisen fallen
Als nach der heiligen Mitte hin.

Traurigkeit

Die mir noch gestern glühten,
Sind heut dem Tod geweiht,
Blüten fallen um Blüten
Vom Baum der Traurigkeit.

Ich seh sie fallen, fallen
Wie Schnee auf meinen Pfad,
Die Schritte nicht mehr hallen,
Das lange Schweigen naht.

Der Himmel hat nicht Sterne,
Das Herz nicht Liebe mehr,
Es schweigt die graue Ferne,
Die Welt ward alt und leer.

Wer kann sein Herz behüten
In dieser bösen Zeit?
Es fallen Blüten um Blüten
Vom Baum der Traurigkeit.

Belehrung

Mehr oder weniger, mein lieber
Knabe,
Sind schließlich alle Menschenworte
Schwindel,
Verhältnismäßig sind wir in der Windel
Am ehrlichsten, und später dann im
Grabe.

Dann legen wir uns zu den Vätern nieder,
Sind endlich weise und voll kühler
Klarheit,
Mit blanken Knochen klappern wir die
Wahrheit,
Und mancher lög und lebte lieber wieder.

Kleiner Knabe

Hat man mich gestraft,
Halt ich meinen Mund,
Weine mich in Schlaf,
Wache auf gesund.

Hat man mich gestraft,
Heißt man mich den Kleinen,
Will ich nicht mehr weinen,
Lache mich in Schlaf.

Große Leute sterben,
Onkel, Großpapa,
Aber ich, ich bleibe
Immer, immer da.

Widmungsverse zu einem Gedichtbuch

Blätter wehen vom Baume,
Lieder vom Lebenstraume
Wehen spielend dahin;
Vieles ist untergegangen,
Seit wir zuerst sie sangen,
Zärtliche Melodien.

Sterblich sind auch die Lieder,
Keines tönt ewig wieder,
Alle verweht der Wind:
Blumen und Schmetterlinge,
Die unvergänglicher Dinge
Flüchtiges Gleichnis sind.

Seifenblasen

Es destilliert aus Studien und
Gedanken
Vielvieler Jahre spät ein alter Mann
Sein Alterswerk, in dessen krause
Ranken
Er spielend manche süße Weisheit spann.

Hinstürmt voll Glut ein eifriger Student,
Der sich in Büchereien und Archiven
Viel umgetan und den der Ehrgeiz brennt,
Ein Jugendwerk voll genialischer Tiefen.

Es sitzt und bläst ein Knabe in den Halm,
Er füllt mit Atem farbige Seifenblasen,
Und jede prunkt und lobpreist wie ein
Psalm,
All seine Seele gibt er hin im Blasen.

Und alle drei, Greis, Knabe und Student
Erschaffen aus dem Maya-Schaum der
Welten
Zaubrische Träume, die an sich nichts
gelten,
In welchen aber lächelnd sich erkennt
Das ewige Licht, und freudiger entbrennt.

Späte Prüfung

Nochmals aus des Lebens Weiten
Reißt mich Schicksal hart ins Enge,
Will in Dunkel und Gedränge
Prüfung mir und Not bereiten.

Alles scheinbar längst Erreichte,
Ruhe, Weisheit, Altersfrieden,
Reuelose Lebensbeichte –
War es wirklich mir beschieden?

Ach, es ward von jenem Glücke
Aus den Händen mir geschlagen
Gut um Gut und Stück um Stücke,
Aus ist's mit den heitern Tagen.

Scherbenberg und Trümmerstätte
Ward die Welt und ward mein Leben.
Weinend möcht ich mich ergeben,
Wenn ich diesen Trotz nicht hätte,

Diesen Trotz im Grund der Seele,
Mich zu stemmen, mich zu wehren,
Diesen Glauben: was mich quäle,
Müsse sich ins Helle kehren,

Diesen unvernünftig zähen
Kinderglauben mancher Dichter
An unlöschbar ewige Lichter,
Die hoch über allen Höllen stehen.

Der alte Mann und seine Hände

Mühsam schleppt er sich die Strecke
Seiner langen Nacht,
Wartet, lauscht und wacht.
Vor ihm liegen auf der Decke
Seine Hände, Linke, Rechte,
Steif und hölzern, müde Knechte,
Und er lacht
Leise, daß er sie nicht wecke.

Unverdrossener als die meisten
Haben sie geschafft,
Da sie noch im Saft.
Vieles wäre noch zu leisten,
Doch die folgsamen Gefährten
Wollen ruhn und Erde werden.
Knecht zu sein,
Sind sie müde und dorren ein.

Leise, daß er sie nicht wecke,
Lacht der Herr sie an,
Langen Lebens Bahn
Scheint nun kurz, doch lang die Strecke
Einer Nacht… Und Kinderhände,
Jünglingshände, Manneshände
Sehn am Abend, sehn am Ende
So sich an.

Einst vor tausend Jahren

Unruhvoll und reiselüstern
Aus zerstücktem Traum erwacht
Hör ich seine Weise flüstern
Meinen Bambus in der Nacht.

Statt zu ruhen, statt zu liegen
Reißt michs aus den alten Gleisen,
Weg zu stürzen, weg zu fliegen,
Ins Unendliche zu reisen.

Einst vor tausend Jahren gab es
Eine Heimat, einen Garten.
Wo im Beet des Vogelgrabes
Aus dem Schnee die Krokus starrten.

Vogelschwingen möcht ich breiten
Aus dem Bann, der mich umgrenzt,
Dort hinüber, zu den Zeiten,
Deren Gold mir heut noch glänzt.

Chinesisch

Mondlicht aus opalener Wolkenlücke
Zählt die spitzen Bambusschatten peinlich,
Malt der hohen Katzenbuckelbrücke
Spiegelbild aufs Wasser rund und reinlich.

Bilder sind es, die wir zärtlich lieben,
Auf der Welt und Nacht lichtlosem Grunde
Zaubrisch schwimmend, zaubrisch hingeschrieben,
Ausgelöscht schon von der nächsten Stunde.

Unterm Maulbeerbaum der trunkene Dichter,
Der den Pinsel wie den Becher meistert,
Schreibt der Mondnacht, die ihn hold begeistert,
Wehende Schatten auf und sanfte Lichter.

Seine raschen Pinselzüge schreiben
Mond und Wolken hin und all die Dinge,
Die dem Trunkenen vorübertreiben,
Daß er sie, die flüchtigen, besinge,
Daß er sie, der Zärtliche, erlebe,
Daß er ihnen Geist und Dauer gebe.

Und sie werden unvergänglich bleiben.

Junger Novize im Zen-Kloster

Ist auch alles Trug und Wahn
Und die Wahrheit stets unnennbar,
Dennoch blickt der Berg mich an
Zackig und genau erkennbar.

Hirsch und Rabe, rote Rose,
Meeresblau und bunte Welt:
Sammle dich – und sie zerfällt
Ins Gestalt- und Namenlose.

Sammle dich und kehre ein,
Lerne schauen, lerne lesen!
Sammle dich – und Welt wird Schein.
Sammle dich – und Schein wird Wesen.

Knarren eines geknickten Astes

Splittrig geknickter Ast,
Hangend schon Jahr um Jahr,
Trocken knarrt er im Wind sein Lied,
Ohne Laub, ohne Rinde,
Kahl, fahl, zu langen Lebens,
Zu langen Sterbens müd.
Hart klingt und zäh sein Gesang,
Klingt trotzig, klingt heimlich bang
Noch einen Sommer,
Noch einen Winter lang.

Über Gedichte

Als ich zehn Jahre alt war, lasen wir eines Tages in der Schule im Lesebuch ein Gedicht, ich glaube, es hieß »Speckbachers Söhnlein«. Es erzählte von einem heldenhaften kleinen Knaben, der mitten im Kugelregen einer Schlacht mitfocht oder für die Großen Kugeln auflas oder sonst etwas Heldisches verrichtete. Wir Buben waren begeistert, und als uns der Lehrer, mit einem Beiklang von Ironie, nachher fragte: »War das nun ein gutes Gedicht?« da riefen wir alle heftig: »Ja«. Er aber schüttelte lächelnd den Kopf und sagte: »Nein, es ist ein schlechtes Gedicht.« Er hatte recht, das Gedicht war nach den Regeln und dem Geschmack unserer Zeit und Kunst nicht gut, nicht fein, nicht echt, es war ein Machwerk. Trotzdem hatte es uns Knaben mit einer herrlichen Welle von Begeisterung erfüllt.

Zehn Jahre später, im Alter von zwanzig Jahren, hätte ich mich ohne weiteres von jedem Gedicht getraut, nach dem ersten Lesen zu sagen, ob es ein gutes oder schlechtes sei. Nichts war einfacher. Ein Blick, das halblaute Sprechen zweier Verszeilen genügte.

Inzwischen sind wieder einige Jahrzehnte vergangen, und mir sind so viele Gedichte durch die Hände und an den Augen vorübergegangen, und ich bin heute wieder ganz im unklaren darüber, ob ich einem Gedicht, das man mir zeigt, Wert zusprechen soll oder nicht. Es werden mir oft Gedichte gezeigt, meist solche von jungen Menschen, die ein »Urteil« darüber haben und einen Verleger dafür finden wollen. Und immer sind die jungen Dichter erstaunt und enttäuscht, wenn sie sehen, daß dieser ältere Kollege, dem sie Erfahrung zugetraut hatten, gar keine Erfahrung hat, sondern unschlüssig in den Gedichten blättert und über ihren Wert sich nichts zu sagen getraut. Was ich als Zwanzigjähriger in zwei Minuten mit dem Gefühl voller Sicherheit vollbracht hätte, das ist jetzt schwierig, vielmehr nicht schwierig, sondern unmöglich geworden. Übrigens »Erfahrung«, das ist auch so ein Ding, von dem man in der Jugend meinte, es müsse ganz von selber kommen. Aber es kommt nicht von selber. Es gibt Leute, die sind für die Erfahrung begabt, die haben Erfahrung, und sie haben sie schon von der Schulbank, wenn nicht vom Mutterleibe an – und dann gibt es andere, zu denen auch ich gehöre, die können vierzig oder sechzig oder hundert Jahre leben und am Ende sterben, ohne recht gelernt und begriffen zu haben, was »Erfahrung« nun eigentlich sei.

Meine Sicherheit im Beurteilen von Gedichten, wie ich sie mit zwanzig Jahren hatte, beruhte darauf, daß ich damals eine Anzahl von Gedichten und Dichtern so stark und fast ausschließlich liebte, daß ich jedes Buch und Gedicht sofort mit ihnen verglich. War es ihnen ähnlich, so war es gut, andernfalls taugte es nichts.

Heut habe ich ebenfalls meine paar Dichter, die ich besonders liebe, und einige davon sind noch dieselben wie damals. Aber heut bin ich gerade gegen die Gedichte am meisten mißtrauisch, die mich im Klang sofort an einen dieser Dichter mahnen.

Ich will indessen nicht von Dichtern und Gedichten im allgemeinen reden, sondern nur von »schlechten«, nämlich von solchen, die so ziemlich jedermann, außer dem Dichter selbst, ohne weiteres für mäßig, für gering, für entbehrlich ansieht. Ich habe im Laufe der Zeit nicht wenige von solchen Gedichten gelesen, und früher wußte ich auch genau, daß sie schlecht waren, und warum sie schlecht waren. Heute bin ich dessen nicht mehr so recht sicher. Auch diese Sicherheit, auch dieses Wissen hat sich mir, wie jede Gewohnheit und jedes Wissen, irgendeinmal in einem zweifelhaften Licht gezeigt, es war auf einmal langweilig, trokken, unerlebt, es hatte Lücken, es rebellierte in mir dagegen, und am Ende war es kein Wissen mehr, sondern eine überlebte Sache, etwas, was hinter mir lag und dessen einstigen Wert ich nicht mehr begriff.

Jetzt geht es mir mit Gedichten oft so, daß ich bei unzweifelhaft »schlechten« eine Lust verspüre, sie zu billigen, ja zu rühmen, während die guten, ja die besten mir oft verdächtig erscheinen.

Es ist das gleiche Gefühl, das man zuzeiten einem Professor oder einem Beamten oder einem Irrsinnigen gegenüber haben kann: Für gewöhnlich weiß man genau und ist davon überzeugt, daß der Herr Beamte ein einwandfreier Bürger, ein gerechtfertigtes Kind Gottes, ein richtig numeriertes und nützliches Mitglied der Menschheit ist, während der Irre eben ein armer Kerl ist, ein unglücklicher Kranker, den man duldet, den man bedauert, der aber keinen Wert hat. Aber dann kommen Tage oder doch Stunden, etwa wenn man ungewöhnlich viel mit Professoren oder mit Irren verkehrt hat, da plötzlich das Gegenteil wahr ist: dann sieht man in dem Irren einen stillen, in sich sichern Glücklichen, einen Weisen, einen Liebling Gottes, charaktervoll in sich selbst und in seinem Glauben von sich selbst begnügt – der Professor oder Beamte aber scheint einem entbehrlich, von mäßigem Charakter, eine persönlichkeitslose und naturlose Figur, von welcher zwölf aufs Dutzend gehen.

Ähnlich also ergeht es mir zuweilen mit schlechten Gedichten. Plötzlich scheinen sie mir nicht mehr schlecht, plötzlich haben sie einen Duft, eine Eigenart, eine Kindlichkeit, gerade ihre offensichtlichen Schwächen und Fehler sind rührend, sind originell, sind lieb und entzückend, und daneben wird das schönste Gedicht, das man sonst liebte, ein wenig blaß und schabloniert.

Bei manchen unserer jüngeren Dichter sehen wir übrigens seit den Tagen des Expressionismus ähnliches am Werk: sie machen grundsätzlich keine »guten« oder »schönen« Gedichte mehr. Sie finden, es gebe schöne Gedichte genug, und sie selbst seien keineswegs dazu geboren und in die Welt gestellt, um noch weitere hübsche Verse anzufertigen und ein von früheren Generationen begonnenes Geduldspiel weiter zu spielen. Sie haben damit vermutlich ganz recht, und ihre Gedichte klingen auch manchmal genauso rührend, wie man es sonst nur bei den »schlechten« Gedichten fand.

Der Grund ist ja leicht zu finden. Ein Gedicht ist in seinem Entstehen etwas ganz Eindeutiges. Es ist eine Entladung, ein Ruf, ein Schrei, ein Seufzer, eine Gebärde, eine Reaktion der erlebenden Seele, mit der sie sich einer Wallung, eines Erlebnisses zu erwehren oder ihrer bewußt zu werden sucht. In dieser ersten, ursprünglichen, wichtigsten Funktion ist überhaupt kein Gedicht beurteilbar. Es spricht ja zunächst lediglich zum Dichter selbst, ist sein Aufatmen, sein Schrei, sein Traum, sein Lächeln, sein Umsichschlagen. Wer wollte die nächtlichen Träume der Menschen auf ihren ästhetischen Wert und unsere Hand- und Kopfbewegungen, Gebärden und Gangarten auf ihre Zweckmäßigkeit hin beurteilen?! Das Wickelkind, das den Daumen oder die Zehe in den Mund steckt, tut ebenso klug und richtig wie der Autor, der am Federstiel nagt, oder der Pfau, der seinen Schweif ausbreitet. Keiner von ihnen tut besser als der andere, keiner hat mehr recht, keiner weniger.

Manchmal geschieht es nun, daß ein Gedicht außer dem, daß es den Dichter entspannt und befreit, auch noch andere erfreuen, bewegen und rühren kann – daß es schön ist. Vermutlich ist es dann der Fall, wenn das, was es ausdrückt, etwas vielen Menschen Gemeinsames, bei allen Mögliches ist. Aber gewiß ist das keineswegs.

Hier beginnt nun ein bedenklicher Kreislauf. Weil »schöne« Gedichte den Dichter beliebt machen, darum kommen nun wieder eine Menge von Gedichten zur Welt, welche nichts als schön sein wollen, die gar nichts mehr wissen von der ursprünglichen, urweltlichen, heilig-unschuldigen Funktion des Gedichtes. Diese Gedichte sind von allem Anfang an für andre gemacht, für Hörer, für Leser. Sie sind nicht mehr Träume oder Tanzschritte oder Schreie einer Seele, Reaktionen auf Erlebnisse, gestammelte Wunschbilder oder Zauberformeln, Gebärde eines Weisen oder Grimasse eines Irren – sie sind bloß noch gewollte Erzeugnisse, Fabrikate, Pralinés für das Publikum. Sie sind gemacht worden, um verbreitet und verkauft und von den Käufern zur Erheiterung oder Erhebung oder Zerstreuung genossen zu werden. Und gerade diese Art von Gedichten findet Beifall. In sie muß man sich nicht ernsthaft und liebevoll hineinversetzen, von ihnen wird man nicht gequält und erschüttert, sondern man kann ihre hübschen, maßvollen Schwingungen bequem und lustvoll mitschwingen.

Diese »schönen« Gedichte nun können einem zuzeiten ganz ebenso entleiden und zweifelhaft werden wie alles Gezähmte und Angepaßte, wie die Professoren und Beamten. Und manchmal, wenn einem die korrekte Welt recht zuwider ist, dann hat man die Neigung, Laternen einzuschlagen und Tempel anzuzünden, und die »schönen« Gedichte bis zu den heiligen Klassikern hinauf schmecken an solchen Tagen alle ein wenig wie zensuriert, wie kastriert, wie allzu gebilligt, allzu zahm, allzu tantenhaft. Dann wendet man sich zu den schlechten.

Dann ist einem überhaupt keines schlecht genug.

Aber auch hier lauert Enttäuschung. Das Lesen schlechter Gedichte ist ein überaus kurzfristiger Genuß, man hat schnell genug davon. Aber wozu denn lesen? Kann nicht jedermann selber schlechte Gedichte machen? – Man tue es, und man wird sehen, daß das Machen schlechter Gedichte noch viel beglückender ist als sogar das Lesen der allerschönsten.

Nachwort von Maria Nils

Nimmt man heute die Gedichte Hermann Hesses wieder zur Hand, so darf man die beglückende Erfahrung machen, daß aus ihnen eine Wahrheit und eine Schönheit zu uns sprechen, die wie ehedem ergreifen. Freilich nicht alle Gebilde eines Dichters üben nach Jahrzehnten noch die gleiche starke Wirkung aus wie einst. Entscheidend aber ist, daß gerade jene Gedichte, die man vor Jahren schon als seine vollkommensten empfand, auch heute noch ihren alten Zauber ausüben.

Keine Jugend, mag sie auch als noch so nüchtern und sachlich angesprochen werden, kann gleichgültig an dieser Dichtung vorübergehen, die so selbstverständlich die seelischen Urelemente des jungen Menschen zum Klingen bringt: Sehnsucht,

Schönheitsdurst und Überwältigung durch Fernweh, Liebe, Traum und Tod. In der Zeit, da Hesse als »Hermann Lauscher« seine Gedichte schrieb, lauschte er, so wie jeder junge Mensch es auf seine Weise tut, auf die geheimnisvollen, lockenden und beängstigenden Stimmen der Welt und der eigenen Seele. Sie antworteten ihm mit Liedern, die nur ein ganz einsamer Mensch hört, der weiß, daß die leidvolle Einsamkeit seine tiefste Bestimmung und Begnadung ist.

Es ist bezeichnend für Hesses Lyrik, daß in ihr der Tod den Grundakkord spielt und daß gerade aus diesem dunklen Grundklang die Melodie des Lebens um so schöner und wahrer emporsteigt.

Aus dem lyrischen Werk des Dichters ist die Romantik nicht wegzudenken. Er teilt mit den Romantikern die Liebe zum Schweifen in Landschaft und Natur, das »Heimweh des Zigeuners, der keine Heimat hat«, die Liebe zu Italien, dem er die Eingebung zu einer Anzahl seiner schönsten Gedichte dankt, die Melancholie und Todessehnsucht. Aber all dies hat er zu Gebilden geformt, die über das Romantische hinaus noch einen andern, eigenen Klang besitzen. Seine schönsten Gedichte haben die Sangbarkeit des Volksliedes (nicht zufällig haben sie immer wieder die Komponisten zur Vertonung gelockt), und haben doch noch einen anderen inneren Rhythmus und Ton, der unverkennbar Hesses alleiniges Gut ist. Sie sind in sich so sehr Musik, daß sie in ihrer melancholischen Anmut der Vertonung eigentlich gar nicht bedürfen.

»Musik des Einsamen« sind sie alle, mag in ihnen die Beseligung durch die Liebe schon mit dem leisen Bewußtsein der Unbeständigkeit vermischt sein, mag das beruhigende Wissen um die Geborgenheit in der Liebe der Mutter das Fatum des persönlichen Fernseins vom Mütterlichen nicht vergessen lassen. Aber in ihnen allen schwingt die stille Tapferkeit des Menschen, der sein einsames Schicksal bejaht.

Es führen über die Erde
Straßen und Wege viel,
aber alle haben
dasselbe Ziel.

Du kannst reiten und fahren
zu zwein und zu drein,
den letzten Schritt mußt du
gehen allein.

Drum ist kein Wissen
noch Können so gut,
als daß man alles Schwere
alleine tut.

Zuweilen klingen in Hesses Gedichten, wie in »Der Einsame an Gott«, prometheische

Töne des Trotzes auf, doch folgt ihnen, anders als bei Goethe, sogleich das Bekenntnis: »Ja, ich liebe Dich, Gott, und ich liebe heiß die verworrene Welt, die Du schlecht regierst.« Es gibt in Hesses Lyrik auch Gebilde von jener bitteren Ironie, hinter der sich Schmerz und Trauer über das Unzulängliche verbergen. Aber der sich Auflehnende wird überwältigt vom Gottsucher, der er im tiefsten immer ist, und er betet: »Laß mich verzweifeln, Gott, an mir, doch nicht an Dir.«

Die vollkommensten Gebilde der Lyrik Hermann Hesses aber sind jene Gedichte, in denen der Dichter sein Erleben und Empfinden mit der schlichten Schilderung von Natur und Landschaft in einen reinen, selbstverständlichen Einklang bringt. Unvergeßlich wird jedem, der es einmal las oder gesprochen hörte, jenes »Seltsam, im Nebel zu wandern« bleiben, aus dem der ganze melancholische Zauber von Hesses

Lebensgefühl aufklingt. Verfolgt man aber die Gedichte von der Frühzeit bis zu den späten Jahren, so ermißt man, wie Trauer und Wehmut mit der Zeit einer milden, ergreifenden Demut Platz machen, wie das Bewußtsein der Flüchtigkeit und Vergänglichkeit sich mit dem Wissen verbindet, daß alles Vergängliche nur ein Gleichnis ist!

Blätter wehen vom Baume,
Lieder vom Lebenstraume
wehen spielend dahin.
Vieles ist untergegangen,
seit wir zuerst sie sangen,
zärtliche Melodien.

Sterblich sind auch die Lieder,
keines tönt ewig wieder,
alle verweht der Wind:
Blumen und Schmetterlinge,
die unvergänglicher Dinge
flüchtiges Gleichnis sind…

Alphabetisches Verzeichnis der Überschriften und Anfangszeilen

Die Gedichttitel sind *kursiv* gesetzt, die Anfangszeilen gerade.

Hermann Hesse wurde 1877 als Sohn eines Missionspredigers und einer Missionarstochter in Calw geboren. Ebenfalls zur Theologenkarriere bestimmt, floh er 1892 aus dem Seminar in Maulbronn. Er arbeitete als Buchhändler und Antiquar, bevor er freier Schriftsteller wurde. 1946 erhielt der Autor von *Der Steppenwolf, Siddharta* und *Das Glasperlenspiel* – um nur drei seiner Romane zu nennen – den Nobelpreis für Literatur. Er starb 1962 in Montagnola/Tessin, wo er seit 1919 in Abgeschiedenheit gelebt hatte.

Hermann Hesse
Meistererzählungen

Zusammengestellt und mit einem Nachwort
von Volker Michels

»Hesse besitzt alle Eigenschaften, die ich in der Kunst stets aufs Höchste schätze: jene seltene, kostbare Verbindung von Eleganz und Tiefe, von künstlerischer Disziplin und schöpferischer Kraft. Er ist fähig, über sich selbst zu lachen, doch ohne Bitterkeit und Zynismus, sondern mit heiter-ironischer Distanz.« *André Gide*

»Er kann, was nur wenige können. Er kann einen Sommerabend und ein erfrischendes Schwimmbad und die schlaffe Müdigkeit nach körperlicher Anstrengung nicht nur schildern – das wäre nicht schwer, aber er kann machen, daß uns heiß und kühl und müde ums Herz ist.« *Kurt Tucholsky*

Heinrich Heine
im Diogenes Verlag

»Heine war ein Aufklärer, Klassiker und Romantiker in einem und stets auch, wie jener königliche Spaßmacher, dessen Schädel Hamlet betrachtet, ›ein Bursch von unendlichem Humor, voll von den herrlichsten Einfällen‹.« *Marcel Reich-Ranicki*

»Einer der anmutigsten, freiesten, kühnsten und künstlerischsten Geister, die Deutschland je hervorgebracht hat.«
Thomas Mann

Gedichte
Ausgewählt und eingeleitet von Ludwig Marcuse

Reisebilder
Mit einem Nachwort von Hiltrud Häntzschel

Die schönsten Gedichte von Heinrich Heine
Ausgewählt von Anton Friedrich

Außerdem liegt vor:

Ludwig Marcuse
Heinrich Heine
Melancholiker, Streiter in Marx, Epikureer

Joachim Ringelnatz im Diogenes Verlag

»Ein adliger Schwärmer edler Art mit einem Dichterherzen und einem kleinen Vogel im ritterlichen Kopf.« *Hermann Hesse*

Das Gesamtwerk in 7 Bänden in Kassette
Herausgegeben von Walter Pape

und auf einmal steht es neben dir
Gesammelte Gedichte

Es zwitschert eine Lerche im Kamin
Gedichte

Turngedichte
Mit Zeichnungen von Karl Arnold

Kuttel Daddeldu
Gedichte

Die wilde Miss vom Ohio
und andere ungewöhnliche Geschichten. Mit 42 Handzeichnungen von Joachim Ringelnatz

Gedichte und Prosa
in kleiner Auswahl

Briefe
Herausgegeben von Walter Pape

Das Ringelnatz Lesebuch
Herausgegeben von Daniel Keel. Mit einem Nachwort von Anton Kuh

Sämtliche Gedichte
Die Ausgabe bringt die Texte und Illustrationen der Erstdrucke sowie Bilder und Manuskripte aus dem Nachlaß. Mit einem Register der Gedichtüberschriften und -anfänge

Die schönsten Gedichte
Ausgewählt von Franz Sutter und Antje Stählin. Mit einer kleinen Autobiographie des Autors

Meistererzählungen
Ausgewählt von Winfried Stephan

Die Kinderbücher:

Geheimes Kinder-Spiel-Buch
Vom Autor reich illustiert

Kinder-Verwirr-Buch
Vom Autor reich illustriert

Kleine Diogenes Taschenbücher

Ali Baba und die vierzig Räuber
Zwei Märchen aus ›Tausendundeiner Nacht‹

Die Bergpredigt
Aktuelle Texte aus dem Neuen Testament. Ausgewählt von Christian Strich. Mit einem Vorwort von H.G. Wells

Bertolt Brecht
Die schönsten Gedichte. Ausgewählt von Silvia Sager. Mit einem Nachwort von Hannah Arendt

Wilhelm Busch
Die schönsten Gedichte. Ausgewählt von Christian Strich

Albert Camus
Weder Opfer noch Henker. Über eine neue Weltordnung. Aus dem Französischen von Lislott Pfaff. Mit einem Nachwort von Heinz Robert Schlette und einem Beitrag von Hans Mayer

Giacomo Casanova
Zwei Nonnen. Eine erotische Geschichte. Aus dem Französischen von Franz Blei

Anton Čechov
Die Dame mit dem Hündchen. Zwei Erzählungen. Aus dem Russischen von Hertha von Schulz und Gerhard Dick

Matthias Claudius
Die schönsten Gedichte. Ausgewählt von Christian Strich

Paulo Coelho
Der Wanderer. Geschichten und Gedanken. Aus dem Brasilianischen von Maralde Meyer-Minnemann. Ausgewählt von Anna von Planta

Unterwegs. Geschichten und Gedanken. Deutsch von Maralde Meyer-Minnemann. Ausgewählt von Anna von Planta

Luciano De Crescenzo
Sokrates. Sein Leben und Denken. Aus dem Italienischen von Linde Birk

Doris Dörrie
Der Mann meiner Träume. Erzählung

Männer. Eine Dreiecksgeschichte

Fjodor Dostojewskij
Die Sanfte. Eine phantastische Erzählung. Aus dem Russischen von Johannes von Guenther

Friedrich Dürrenmatt
Die Panne. Eine noch mögliche Geschichte

Der Gedankenschlosser. Über Gott und die Welt. Ausgewählt von Daniel Keel und Anna von Planta

Albert Einstein & Sigmund Freud
Warum Krieg? Ein Briefwechsel. Mit einem Essay von Isaac Asimov

Epiktet
Handbüchlein der Moral und Unterredungen. Herausgegeben, mit einem Vorwort und einer Schlußbemerkung von Wolfgang Kraus. Deutsche Übertragung nach J.G. Schulthess und K. Enk

Epikur

Über das Glück. Ausgewählte Texte. Aus dem Altgriechischen und herausgegeben von Séverine Gindro und David Vitali. Vorwort von Ludwig Marcuse

Die Fahne und der Wind

Zen-Geschichten aus Tibet, Indien, China und Japan. Herausgegeben von Henri Brunel. Aus dem Französischen von Ingrid Fischer-Schreiber

Theodor Fontane

Die schönsten Gedichte. Ausgewählt von Franz Sutter

Mahatma Gandhi

Die Kraft des Geistes. Auswahl aus den Schriften. Ausgewählt und mit einem Vorwort von Gertrude und Thomas Sartory. Aus dem Englischen von Fritz Kraus und Emil Roniger

Die Geschichte von der Erschaffung der Welt

von Adam und Eva, von ihrem Sündenfall, von Abraham, Jakob und von Joseph und seinen Brüdern. In der Übertragung von Martin Luther. Auswahl der Texte von Franz Sutter

Die Geschichte von Hiob

dem rechtschaffenen Mann, seinen Prüfungen und seinem Streit mit Gott. In der Übertragung von Martin Luther. Auswahl der Texte von Franz Sutter

Die Geschichte von König David

von Sauls Eifersucht, dem Kampf mit Goliath und der Eroberung Jerusalems. In der Übertragung von Martin Luther. Auswahl der Texte von Franz Sutter

Die Geschichte von Moses

vom Exodus, den Zehn Geboten und dem Einzug ins Gelobte Land. In der Übertragung von Martin Luther. Auswahl der Texte von Franz Sutter

Johann Wolfgang Goethe

Die schönsten Gedichte. Ausgewählt von Franz Sutter

Von der Höflichkeit des Herzens und andere Gedanken. Herausgegeben und mit einem Vorwort von Ernst Freiherr von Feuchtersleben

Brüder Grimm

Die schönsten Märchen. Ausgewählt von Christian Strich

Heinrich Heine

Die schönsten Gedichte. Ausgewählt von Anton Friedrich

Hermann Hesse

Die schönsten Gedichte. Ausgewählt von Christian Strich. Mit einem Essay des Autors über Gedichte. Mit einem Nachwort von Maria Nils

Patricia Highsmith

Drei Katzengeschichten. Aus dem Amerikanischen von Anne Uhde

Hildegard von Bingen

Lieder. Zweisprachige Ausgabe lateinisch/deutsch. Ausgewählt von Silvia Sager. Vorwort von Walter Nigg

I Ging

Das Buch der Wandlungen. Herausgegeben von Thomas Cleary. Aus dem Amerikanischen von Ingrid Fischer-Schreiber

John Irving

Die Pension Grillparzer. Eine Bärengeschichte. Aus dem Amerikanischen von Irene Rumler

Deutschlandreise. Deutsch von Irene Rumler

Franz Kafka

Die Verwandlung. Erzählung

Brief an den Vater. Mit einem Vorwort von Max Brod

Immanuel Kant

Deines Lebens Sinn. Herausgegeben und mit einem Vorwort von Wolfgang Kraus

Die schönsten Katzengedichte

Ausgewählt von Anne Schmucke. Mit Zeichnungen von Tomi Ungerer

Jiddu Krishnamurti

Meditationen. Eine Auswahl aus den Schriften. Aus dem Englischen von Ulrich Hartmann

Lao Tse

Tao-Te-King. Neu ins Deutsche übertragen von Hans Knospe und Odette Brändli. Mit einem Nachwort von Knut Walff

D.H. Lawrence

Liebe, Sex und Emanzipation. Essays. Aus dem Englischen von Elisabeth Schnack

Nikolaus Lenau

Die schönsten Gedichte. Ausgewählt von Silvia Sager

Donna Leon

Latin Lover. Von Männern und Frauen. Aus dem Amerikanischen von Monika Elwenspoek

Eine Amerikanerin in Venedig. Geschichten aus dem Alltag. Deutsch von Monika Elwenspoek

Die schönsten Liebesbriefe deutscher Dichter

Ausgewählt und herausgegeben von Anton Friedrich und Silvia Sager

Die schönsten Liebesbriefe deutscher Musiker

Herausgegeben von Anton Friedrich und Silvia Sager

Die schönsten deutschen Liebesgedichte

Ausgewählt von Christian Strich

Das kleine Liederbuch

Die schönsten deutschen Volkslieder. Mit Skizzen von Tomi Ungerer

Loriot

Szenen einer Ehe

Ian McEwan

Psychopolis. Abschied aus L.A. Aus dem Englischen von Wulf Teichmann

W. Somerset Maugham

Die Leidenschaft des Missionars. Erzählung. Aus dem Englischen von Ilse Krämer

Guy de Maupassant

Das Freudenhaus. Drei Erzählungen. Aus dem Französischen von Walter Widmer und Georg von der Vring

Eduard Mörike

Mozart auf der Reise nach Prag. Novelle

Mohammed
Die Stimme des Propheten. Herausgegeben und Vorwort von Wolfgang Kraus

Michel de Montaigne
Um recht zu leben. Aus den Essais. Mit einem Vorwort von Egon Friedell

Christian Morgenstern
Galgenlieder. Ausgewählt von Christian Strich

Wilhelm Müller
Die Winterreise. Mit Zeichnungen von Ludwig Richter und einem Nachwort von Winfried Stephan

Friedrich Nietzsche
Die schönsten Gedichte. Ausgewählt von Anton Friedrich

Walter Nigg
Teresa von Avila. Eine leidenschaftliche Seele

Franz von Assisi. Denken mit dem Herzen

No future?
Herausgegeben von Franz Sutter

Ingrid Noll
Stich für Stich. Fünf schlimme Geschichten

Die Sekretärin. Drei Rachegeschichten

Rainer Maria Rilke
Briefe an eine junge Frau. Mit einer Erinnerung an Rilke von Romain Rolland

Briefe an einen jungen Dichter. Mit einem Vorwort von Joachim W. Storck

Die schönsten Gedichte. Ausgewählt von Franz Sutter. Mit einem Nachwort von Stefan Zweig

Joachim Ringelnatz
Die schönsten Gedichte. Ausgewählt von Franz Sutter und Antje Stählin. Mit einer kleinen Autobiographie des Autors

Salomo
Weinen hat seine Zeit, Lachen hat seine Zeit. Die großen Dichtungen des König Salomo. Vorwort von Ludwig Marcuse

Sappho
Die schönsten Gedichte. Altgriechisch-deutsch. Herausgegeben und aus dem Altgriechischen von Kurt Steinmann. Mit einem Vorwort von Simone Frieling

Shakespeare
Liebessonette. Englisch und deutsch. Aus dem Englischen von Otto Gildemeister, Gottlob Regis, Karl Richter, Dorothea und Ludwig Tieck, Karl Simrock

Georges Simenon
Brief an meine Mutter. Aus dem Französischen von Trude Fein

Patrick Süskind
Drei Geschichten und eine Betrachtung

Susanna Tamaro
Eine Kindheit. Erzählung. Aus dem Italienischen von Maja Pflug

Die Demut des Blicks. Wie ich zum Schreiben kam. Zwei Essays und ein Gespräch mit Paola Gaglianone. Deutsch von Maja Pflug

Henry David Thoreau

Über die Pflicht zum Ungehorsam gegen den Staat. Aus dem Amerikanischen von Walter E. Richartz. Mit einem Nachwort von Manfred Allié

Vom Spazieren. Ein Essay. Deutsch von Dirk van Gunsteren

Mark Twain

Adams Tagebuch und *Die romantische Geschichte der Eskimomaid.* Eine klassische und eine moderne Liebesgeschichte. Deutsch von Marie-Louise Bischof und Ruth Binde

Oscar Wilde

Die Lust des Augenblicks. Aphorismen. Aus dem Englischen von Candida Krause

Zen

Worte großer Meister. Herausgegeben von Thomas Cleary. Aus dem Amerikanischen von Ingrid Fischer-Schreiber